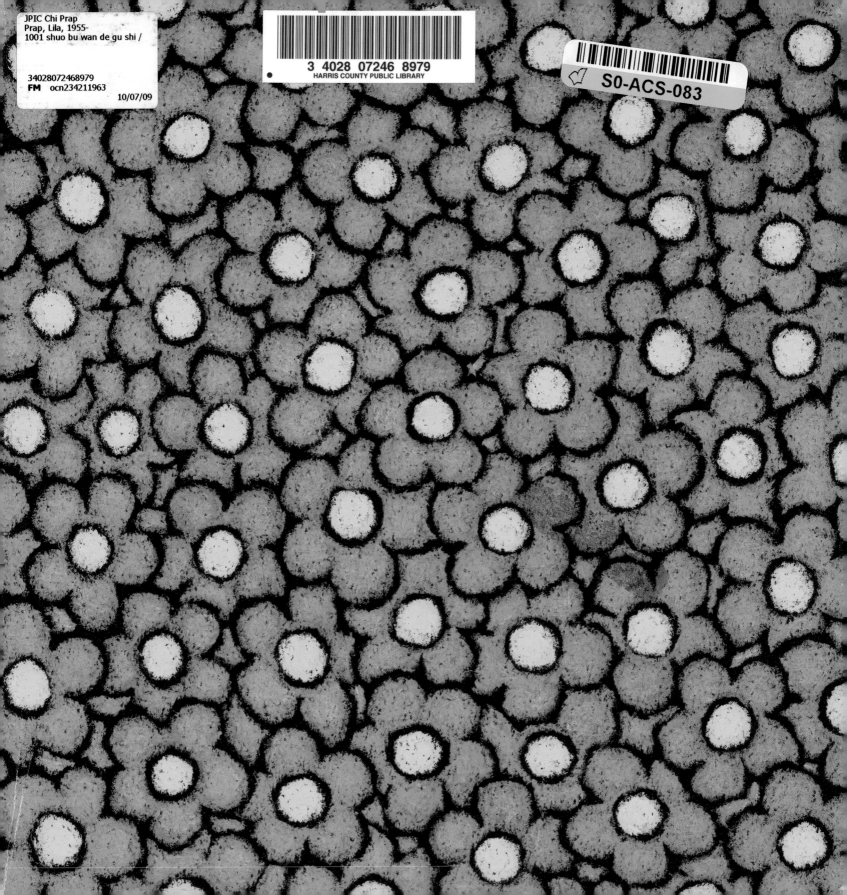

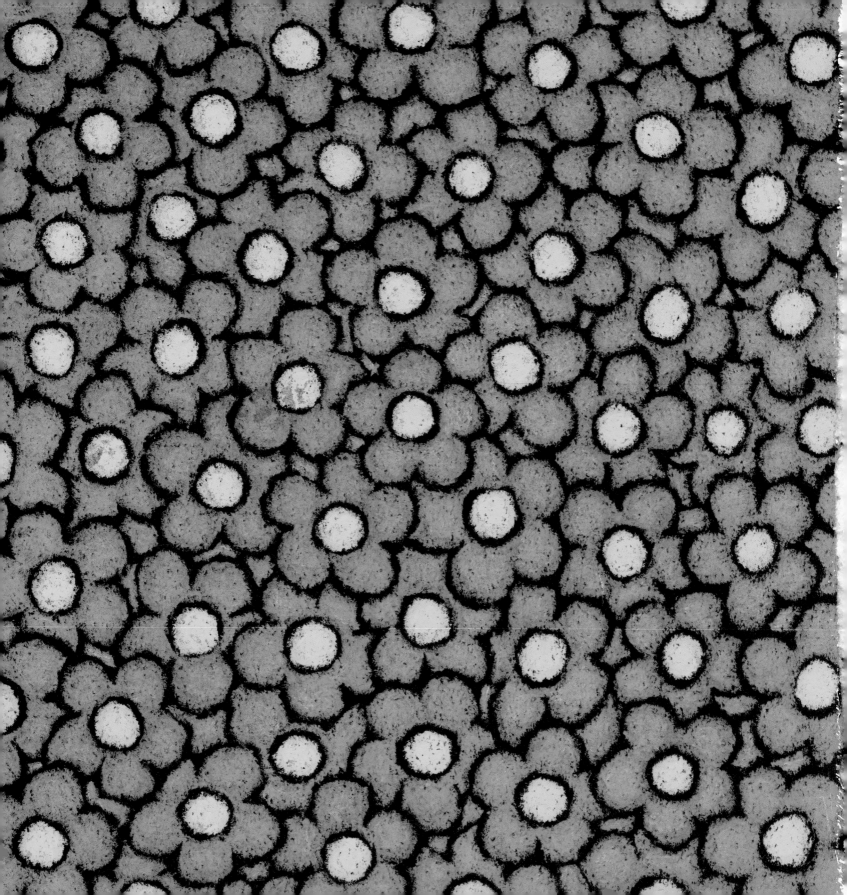

# 1001

# 说不完的故事

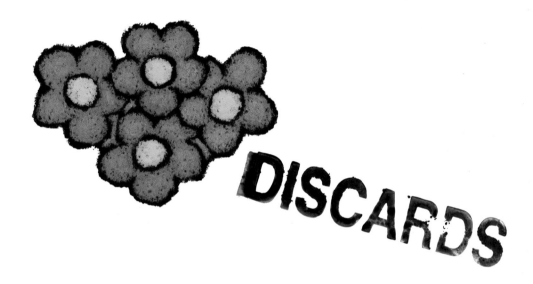

亲爱的小读者：

当你拿起这本书的时候，请记住一句忠告：千万不要一页接一页地一口气读完。否则，你肯定会想：这是一本什么样的怪书啊，完全看不懂！读这本书，你得多动动脑筋，因为在这本书中，角色的命运其实掌握在你的手中。

在每一页的下方，都列出了两种可能发生的情况，你可以根据自己的愿望选择如何让故事继续。每个故事的发展和结局，都完全由你决定。

如果你是一个喜欢故事的好孩子，就会发现这本书就好像阿拉伯文学名著《一千零一夜》，蕴含着好多好多有趣的故事，是一个由故事组成的巨大迷宫。

希望这个故事迷宫里的历险，能带给你真正的快乐！

—— 莉娜·布拉普

# pravljica

## 莉娜·布拉普

　　欧洲知名的儿童图画书作家和插画家，1955年生于斯洛文尼亚共和国。除了从事儿童图画书创作和插画创作外，她同时也是室内设计师、视觉设计师和作家。她的作品风格新颖，内容有趣，多次入选意大利博洛尼亚国际儿童书插画展和德国儿童青少年文学奖。2006年，莉娜·布拉普获国际安徒生图画书大奖并获得瑞典林格伦儿童文学纪念奖提名。

　　莉娜·布拉普的作品在世界各地都深受读者喜爱。她在黑色底纸上用粉彩绘画的独特技法，备受各界赞誉。布拉普最喜欢的绘画主题是动物。她笔下的动物形象造型可爱夸张，色彩鲜艳生动，散发着独特的艺术魅力。

# 1001
# 说不完的故事

文/图 莉娜·布拉普 [斯洛文尼亚] 译 郭平

贵州出版集团公司
贵州人民出版社

从前，在森林的边上住着一个小女孩，她虽然年纪不大，却已经成为了妈妈的好帮手，总是在家里做这做那。不论妈妈交待什么事情，她都做得又快又好。善良的小女孩对身边的人们温柔又体贴，大家非常喜欢她。

有一天，住在森林里的奶奶病了，妈妈让小女孩带上好吃的食物去看望她。

"小心点，注意安全！"妈妈千叮咛万嘱咐，"这是你第一次一个人去奶奶家，不许乱跑，也不许跟陌生人说话！"

1

如果你想知道，独自走在森林里的小女孩会碰到什么人，请翻到第4页。

4

如果你更想听一个淘气的小男孩的故事，请翻到第2页。

从前，有一个淘气又粗鲁的小男孩，大家都不愿意和他一起玩。小男孩的爸爸妈妈经常出门，只好由哥哥们照顾他。但顽皮的小男孩总是惹得哥哥们不高兴。

有一天，小男孩又开始拿鱼竿戳哥哥们的鼻子和耳朵。哥哥们实在气得不得了，就把小男孩推到门外，把鱼竿塞在他手里，对他说："去森林里的湖边钓鱼！没把湖里所有的鱼都钓上来，就不许回家！"

小男孩生气地在门口站了一会儿后，就转身大步走进森林。

反正，森林里一定找得到可以捉弄的人！

小男孩在森林里会遇到什么有趣的事情呢？想知道的话，就翻到第13页吧！ **13**

不太喜欢这个调皮的小男孩？那么想不想听听3只小猪的故事？请翻到第19页。 **19**

**2**

三只刚刚从森林里散步回来的熊走进小屋，他们一进门，就把屋子里每个角落都闻了个遍，然后聚在一起，竖起全身的毛。

"有人喝了我的燕麦粥！"最大的一只熊用低沉的声音吼着。

"有人碰了我的椅子！"母熊拉高嗓音抱怨着。

"有人睡在我的床上！"小熊大声尖叫着。

三只熊生气地走向睡觉的小女孩，伸出尖锐的爪子。还好，小女孩正好醒了过来，她立刻从窗口跳了出去，飞快地跑进昏暗的森林。

你想知道，小女孩从三只熊的利爪下逃走以后，又跑去了哪里吗？请翻到第21页。 21

你希望住在小屋里的是善良的小矮人，而不是可怕的熊吗？请翻到第20页。 20

可爱的小女孩提着篮子，沿着小路蹦蹦跳跳地去奶奶家。走着走着，小女孩的眼前出现了一片开满小花的空地，这时，一只大灰狼突然从路边的大树旁跳了出来。

"小姑娘，你要去哪里啊？"大灰狼故意装出亲切的口吻问道。

"我要去看望奶奶！"小女孩从来没有见过大灰狼，所以一点儿也不害怕。她还亲切地告诉大灰狼，去奶奶家的路要怎么走。

"你为什么不给奶奶摘一束花呢？"大灰狼说，"奶奶看到鲜花一定会很高兴的！"

听了大灰狼的话以后，小女孩会怎么做呢？翻到第7页看一看吧！

如果你希望小女孩立刻逃走，不要跟大灰狼讲话，就赶快翻到第6页。

4

"**我**一定要钓到几条特别大的鱼，让那些笨哥哥们吓一跳！"小男孩边说边走到森林深处的湖畔开始钓鱼。可是过了好久好久，一条鱼都没有上钩。小男孩很丧气，准备站起来离开了。就在这时，一条小鱼咬住了鱼钩。

"求你放我走吧，不管什么愿望我都能替你实现！"小鱼说。

没钓到大鱼的小男孩又失望又恼火，一气之下说："好吧！我的愿望就是你变成一只又大又丑的笨青蛙！"

说完，小男孩一把将小鱼丢回水里，扛着鱼竿头也不回地走开了。

小鱼回到湖里，他的身体开始慢慢变大，双眼突起，全身变成了绿色，真的成了一只大青蛙。

**5**

走进森林以后，小男孩又会遇到哪些事情呢？想知道就翻到第12页看看吧。 **12**

如果变成青蛙的小鱼后来又在湖畔遇到了小女孩，会发生什么样的故事？请翻到第21页。 **21**

小女孩在森林里跑着跑着，突然，眼前出现了一座巨大的城堡。她走进敞开的城堡大门，好奇地东张西望着。城堡里的装潢十分华丽，可是却看不到半个人影。小女孩来到一间摆着各种丰盛食物的房间，吃了一点东西，就在舒适的床上睡着了。

接下来一连几天，只要小女孩想要什么，那件东西就会立刻出现在她眼前。但是时间久了，小女孩开始想念家中的亲人，于是打算回家去。正当她要走出大门的时候，一只可怕的怪兽挡在了小女孩的面前。

"不许你走！你必须留在这儿！"怪兽张牙舞爪地说。小女孩只好被他带进了塔楼顶端的房间。

如果正巧小男孩也跑进了怪兽的城堡，会发生什么事？请翻到第16页。 **16**

如果小女孩想要逃走，又会发生哪些故事？请翻到第11页。 **11**

**6**

# 听

了大灰狼的话，小女孩很高兴，立刻低下头开始摘花。趁这个机会，大灰狼悄悄离开了空地，一溜烟跑到小女孩的奶奶家。

屋子的门锁着，大灰狼敲了敲门，捏着鼻子模仿小女孩的声音说："奶奶，我给你送吃的来了！"

"宝贝！快进来啊！钥匙就放在窗台上的花盆后面！"

门一打开，奶奶就吓得大叫起来。大灰狼一下子纵身跳到了奶奶床边。

大灰狼为什么要去奶奶家呢？总不会是想和奶奶聊天吧？请翻到第8页看一看！ **8**

你是不是很害怕大灰狼，想要他立刻从书中消失，再也别出现了？那就赶快翻到第22页吧！ **22**

大灰狼一口把奶奶吞进肚子里，然后戴上奶奶的睡帽和眼镜。他觉得自己已经很像奶奶了，便躺在床上等着小女孩的到来。

没过多久，小女孩就抱着一大束花蹦蹦跳跳地来到奶奶家。可一进门，却发现奶奶的眼睛和耳朵都变得好大好大。

"这是为了能更清楚地看到你的样子，听到你的声音啊！小宝贝！"大灰狼学着奶奶的声音说。

呀！奶奶的嘴巴也变得好大！

"这是为了更好地吃掉你呀！"大灰狼大吼一声，把小女孩吞了下去，然后躺在奶奶的床上睡着了，还大声打着呼噜。

你想知道如果四处游荡的小男孩正好来到了奶奶家，他会怎么做吗？请翻到第12页。 **12**

是不是希望大灰狼不要吃掉老奶奶和小女孩？想让他去找别的食物吗？请翻到第23页。 **23**

**8**

**小**女孩觉得青蛙的样子好难看啊，实在不想亲他，于是飞快地转身跑开，一直跑到湖畔的一座空屋子里躲了起来。

青蛙生气地在后面追赶小女孩，一直追到小屋的门口。

"说好了给我一个吻！我不要骗人的谎言！"青蛙大声地呱呱叫，因为生气，腮帮子也一鼓一鼓的。

小女孩没办法，只好走出屋子，说："好吧，亲你一下就是了！不过你要赶快走开！我再也不想见到你了！"

说完，小女孩弯下身，闭上眼睛，在青蛙脸上亲了一下。

**9**

小女孩亲了青蛙以后会发生什么事？她会不会生病？会不会发生什么不好的事情？请翻到第28页。

**28**

如果你希望小女孩逃得更远一点，让青蛙追不上，也不要亲吻他，请翻到第6页。

**6**

小女孩终于自由了，她开心地抱住小男孩。他们俩一起逃出城堡，穿过森林，走在回家的路上。路好远啊，两个人越走越累。这时，他们的眼前突然出现了一栋彩色的小房子。

小女孩和小男孩走近一看，原来这座房子是用蛋糕做成的！"一栋能吃的房子！"小男孩和小女孩欢呼起来。他们立刻把蛋糕上好吃的装饰取下来，塞进嘴里。

这时，小房子的门打开了。一个满脸皱纹的老婆婆出现在门口。

"欢迎！欢迎！"老婆婆伸出皱巴巴的手，把小男孩和小女孩迎进屋里，"里面还有很多更棒的东西呢！"

10

你想与小男孩和小女孩一起看看房子里还有什么吗？请翻到第15页看看吧！ **15**

怎么？不想看到奇怪的老婆婆？希望小女孩和小男孩发现的是一栋没有人住的房子？请翻到第27页。 **27**

小女孩看到可怕的怪兽，吓得尖叫一声，飞一样地从怪兽的利爪下逃进森林。怪兽在后面笨手笨脚地追赶。但是怪兽只有呆在城堡里才能拥有魔力，它离开城堡后每跑一步，身体就缩小一圈，没过多久，怪兽就变成了一只小小的老鼠。

变成老鼠的怪兽逃进了树林，躲进一个小瓶子。小女孩赶紧塞紧瓶塞，远远地跑开了。

跑着跑着，小女孩看到树林深处有一栋小木屋，于是小心翼翼地走了进去。屋子里一个人也没有，桌子上摆着一碗燕麦粥。小女孩又累又饿，吃掉燕麦粥后，就在屋里的床上睡着了。

11

如果这时进来了三只熊，你觉得他们看到小女孩后会怎么做？翻到第3页看一看！

3

如果淘气的小男孩遇到了关在瓶子里的怪兽，会发生什么事？请翻到第13页。

13

在森林里闲逛的小男孩来到了老奶奶家门口。在门外，就能听见屋子里传来一声接一声的求救声。小男孩走进屋子，看到一只大灰狼正在老奶奶的床上鼾声如雷。而求救的声音，正是从大灰狼的肚子里传出来的。

小男孩赶快找来剪刀，剪开大灰狼的肚子。老奶奶和小女孩从里面跳了出来。她们长长地出了一口气，感激地紧紧抱住目瞪口呆的小男孩。

"真好吃呀……"大灰狼还在梦中喃喃自语。小男孩说："我们把石头放在他的肚子里，他就不能再吃人了。"三个人齐心合力把两块大石头搬进了大灰狼的肚子，然后高高兴兴地离开了。

12

你想知道一肚子石头的大灰狼醒来后会是什么下场吗？请翻到第22页。 **22**

小男孩离开后，又会在森林中遇到什么有趣的事？请翻到第16页继续我们的故事！ **16**

小男孩打落了在森林里看到的每一个鸟巢，吓走了遇到的每一只松鼠，踢烂了找到的每一株蘑菇。突然，他看到了一个圆圆的蚁丘。小男孩停下来，正要拿起鱼竿戳进蚁丘，却发现身边的花丛里有一个小小的瓶子。

"瓶子里有什么呢？"小男孩拔开了瓶塞。一只面目狰狞的怪兽猛地从瓶子里爬了出来。怪兽越变越大，最后变得和森林里最高的大树一样高。

"我要杀死你！"怪兽大声咆哮着，扑向小男孩。

# 13

想知道小男孩后来的遭遇吗？他能逃离危险吗？勇敢的你，请翻到第18页！ **18**

如果你觉得小男孩不应该傻傻地放出怪兽，还是继续在湖边钓鱼比较好，请翻到第5页。 **5**

一年又一年，小女孩一直住在小矮人的家里，帮助他们做家务。她渐渐长大了，变得越来越美丽。

有一天，小女孩正在打扫房间，突然听到外面有人敲窗户，抬头一看，一位老婆婆正站在外面。虽然小矮人嘱咐过，千万不要和陌生人讲话，但小女孩还是给老婆婆开了门。

"你好啊，漂亮的姑娘，我是卖苹果的老婆婆。"老婆婆从篮子里拿出一个色泽最光鲜的苹果，放在小女孩手中。

小女孩像着了魔一般看着苹果，然后吃了一口，紧接着便昏倒在地，好像死了一样。

原来，老婆婆其实是个恶毒的巫婆，最仇恨温柔善良的小女孩。巫婆留下一串恶毒的笑声，然后消失在森林中。

当小矮人发现可怜的小女孩后，他们能想办法救她吗？请翻到第26页。 **26**

想不想知道巫婆在森林里还做了哪些坏事？翻到第17页看看吧！ **17**

**14**

老 婆婆其实是一个恶毒的巫婆。她把小男孩关进了笼子。小女孩害怕极了，只好按照老巫婆的吩咐，每天准备一大堆食物给可怜的小男孩吃。老巫婆每天都来检查，想知道小男孩是不是变胖了。"快！伸出手指头！"老巫婆总是恶狠狠地喊叫。不过聪明的小男孩才不会上当呢，他每次都找一根小树枝伸到外面。

"居然越来越瘦了！怎么可能！"老巫婆很生气。过了一个月，她终于等不及了。"把火生起来！"她命令小女孩，"今天我要好好吃一顿大餐了！"

你能猜到老巫婆口中的"大餐"指的是什么吗？翻到第24页看看答案吧！ 24

你是不是很盼望老巫婆能放走两个小朋友，然后去别的地方做坏事？请翻到第17页。 17

男孩走着走着，来到了森林的深处。哇！眼前怎么突然出现了一座壮丽的城堡啊！而且，这么大的城堡怎么只有一扇窗户呢？这时，窗口出现了一个面容悲伤的小女孩。小男孩用鱼钩钩住窗台，抓着钓鱼线爬进窗户。看到小男孩，小女孩高兴极了。这时走廊里突然传来了重重的脚步声，小女孩赶快把小男孩推进了柜橱。

随着脚步声走进来的是一只巨大的怪兽。"是谁闯进来了？"怪兽一看到鱼竿，就大吼着跳到窗台前。他想顺着鱼线爬下去，抓住鱼竿的主人。但是爬到一半，鱼线突然断了，怪兽"砰"的一声摔在地上，化成了无数碎片。

你想不想知道，怪兽死了之后，小女孩和小男孩去了哪里？请翻到第10页！ **10**

如果没有人来救小女孩，她会怎么做？翻到第25页看看吧！ **25**

**16**

老 巫婆扮成一个可怜的老婆婆，提着满满一篮子苹果走向森林里的城堡。走着走着，老巫婆遇到了带着鱼竿乱逛的小男孩。

"你好啊！"老巫婆说。但是小男孩却一把将鱼钩甩进放苹果的篮子里，钓走了最漂亮的一个苹果。

"送给你了！快吃吧！"老巫婆微笑着说。

小男孩抓起苹果咬了一口。他还没缓过神来，就发现自己已经变成了一只又大又丑的青蛙。小男孩害怕极了，扑通一声跳进水里，躲进了湖底。

# 17

你想知道，如果小女孩来到了湖畔，变成青蛙的小男孩会得到她的帮助吗？请翻到第21页。 **21**

如果小男孩乖乖钓鱼，而不是用鱼竿对老巫婆恶作剧，是不是就能逃过一劫？请翻到第5页。 **5**

"**杀**了我?"小男孩吓得战战兢兢,说:"我可是放你出来的人啊,你怎么能这样报答我呢?"

"太晚了!我已经等得太久了!"恶魔愤怒地咆哮道,"如果是在300年前,有人救我出来,不管什么愿望,我都会满足他。但是现在已经太迟了!"

"你什么都能满足我?"小男孩插嘴道,"你在吹牛吧!你真有那么强的魔力?"

"那还用问!"怪兽说。

"我不信!"小男孩说,"我敢说你这么大的个子,肯定不能把自己塞回那个小瓶子!"

"哈哈哈!这也太简单了!"怪兽一边大笑,一边越变越小,回到了瓶子里。

小男孩一把抓起瓶子,塞紧瓶塞,把瓶子丢进树丛,然后离开了。

小男孩打败了怪兽,你也为他感到高兴吗?是不是读得过瘾了?那么合上书,看看封底吧!

如果你还想听听小男孩在森林里遇到的其它有趣的故事,请翻到第12页。

⑫

从前，有三只小猪住在森林里。有一天，他们决定每人盖一栋房子。

年纪最小的猪小弟最贪玩，不想把时间花在盖房子上，就用稻草搭了一座七扭八歪的茅屋。

猪二弟也不勤快，他在森林里随便捡了一堆树枝，用它们搭成了一栋摇摇欲坠的小棚子。

最年长的猪大哥和两个弟弟不同，他在森林里仔细挑选大石头，精心地盖了一栋坚固的石头房子。

两个猪弟弟早早地盖好了房子，在旁边一边跳舞一边嘲笑猪大哥。可是猪大哥不理睬他们："尽管笑吧。森林里住着大灰狼，等有一天他找到我们，你们就笑不出来了。"

19

弟弟和哥哥谁才是对的？是不愿意浪费时间盖房子的猪弟弟们，还是猪大哥？请翻到第23页。

23

怎么？对这个故事不太感兴趣？那么听听老巫婆的故事怎么样？请翻到第17页。

17

个小矮人在金矿里挖了一天黄金，疲惫地回到家中。

"是谁闯进来了？乱碰我们的东西，还偷吃了燕麦粥？"小矮人们生气地喊道。但一看到床上躺着一个可爱的小女孩时，小矮人们都惊讶地闭上了嘴。他们安静地看着小女孩，直到她醒来。

小女孩对小矮人说，她在森林里被一只可怕的怪兽追赶，所以才会逃进小房子，只要休息一下，她就会离开，去找回家的路。

"留下来吧！你来帮我们料理家务，我们会保护你的！"小矮人说。

你希望小女孩留下来和小矮人们生活在一起吗？如果希望，请翻到第14页。

**14**

怎么？还是觉得小女孩应该告别小矮人，去找回家的路？那么请翻到第21页。

**21**

**20**

走着走着，可爱的小女孩来到了森林深处的湖畔。她俯下身，想在湖水里把手上的金镯子洗干净，但一不小心，金镯子滑进了湖里。小女孩急得大哭起来。

一只样子很难看的大青蛙从水里探出头，说道："我可以帮你找回镯子。作为感谢，你能亲我一下吗？"

小女孩连忙点头。但是青蛙的样子真不可爱，小女孩心里实在不想亲吻他。

青蛙潜进湖里，很快找到了镯子。他游到岸边，把镯子交给了小女孩，然后便努起嘴，等待小女孩的亲吻。

小女孩迅速地戴上镯子，用讨厌的神情看着青蛙。

**21**

想知道小女孩最后有没有亲吻青蛙么？翻到第9页看一看吧！ **9**

或者，你希望小女孩不要碰到青蛙，而是在森林中遇到其他动物？那样的话，请翻到第4页。 **4**

"**老**奶奶和小女孩真是太难吃了！她们在我的肚子里怎么那么重？"大灰狼呻吟着，摇摇晃晃地走出小屋，来到附近的湖畔想要喝一口水。突然他脚下一滑，失去了平衡，整个身体连同沉重的大肚子一起沉进了湖里。

大灰狼彻底消失了，永远被困在了湖底。大灰狼受到了惩罚，大家都很高兴，一直过了很多天，人们还在庆祝这件事呢！

大灰狼终于遭到报应了！你是不是也很高兴？故事读得过瘾了吗？合上书，看看封底吧！

什么？还有种意犹未尽的感觉？那么就听一个新的故事吧！翻开第2页看一看！

2

# 饥

饿的大灰狼在森林里逛来逛去。他来到一片空地上，正好看见两只正在唱歌跳舞的小猪。看到大灰狼来了，两只小猪立刻躲进了自己的房子。可大灰狼看了看两间东倒西歪的小房子，只用力吹了一口气，就把两间房子都吹倒了。

两只小猪吓得大叫起来，飞快地躲进了猪大哥的石头房子。石头房子很坚固，大灰狼使出浑身解数也没办法弄倒它。大灰狼恼羞成怒，决定从烟囱爬进屋内。可是他在屋顶上滑了一跤，顺着烟囱一下掉进了火炉。火炉上正烧着一大锅汤，大灰狼被烫得大声哀号，他抱着被烫伤的屁股逃进森林，再也不敢回来了。

# 23

如果逃进森林的大灰狼遇到了可爱的小女孩，会发生什么样的故事呢？请翻到第4页。

**4**

不想再听大灰狼的故事了？那么换一个老巫婆的故事怎么样？翻到第17页看看吧！

**17**

**恶**毒的老巫婆最喜欢把小孩子骗到自己家中，然后吃掉他们了。现在，她正摇摇晃晃地走在火炉边，不断流着口水。"我饿了，想烤点好吃的东西！"她一边咂着嘴，一边盯着笼子里的小男孩。

小女孩正在火炉边瑟瑟发抖。老巫婆走过来，将小女孩一把推开，俯下身子拨弄炉子里的火苗。小女孩鼓足勇气，用尽全身的力气一把将老巫婆推进了火炉。

老巫婆就这样被烧死了，再也不能到森林里伤害小朋友了。

老巫婆被烧死了，你是不是也松了一口气，感觉读得过瘾了？如果是，就合上书，看看封底吧！

还没过瘾吗？想听听小男孩和小女孩逃出老巫婆的家以后会做什么吗？那就翻到第27页看一看！

27

24

**怪**兽很疼爱被他关起来的小女孩，不但给她吃最可口的饭菜，还给她最漂亮的衣服和玩具。如果小女孩寂寞了，怪兽就给她讲很多最有趣的故事。可是，小女孩却怎么也高兴不起来，她一天比一天悲伤。

"如果你真的那么思念家人，就回到他们身边去吧！"有一天，怪兽伤心地说，"不过，请你无论如何也不要忘记我！"

小女孩开心地回家了。很快，她就忘记了怪兽。有一天，小女孩带着食物和饮料去看望森林里的奶奶，经过一片空地时，她吓了一跳：怪兽正憔悴地躺在花丛中。

"你忘记了我，现在，我快要死了。"怪兽说话有气无力，显得那么瘦小无助。小女孩很难过，她闭上眼睛，轻轻地吻了怪兽一下。

# 25

小女孩亲吻了快要死去的怪兽后，会发生什么事呢？快翻到第28页看看吧！ **28**

咦？你觉得小女孩应该把怪兽关进瓶子？嗯……那样又会是一个什么样的故事？请翻到第13页。 **13**

小矮人回到家，看到小女孩躺在地上一动不动。他们想尽了各种办法，都没能让小女孩醒来。小矮人愤怒地想要抓住巫婆，可是巫婆早就躲进了自己的小屋。

小矮人为小女孩做了一个华丽的玻璃棺。躺在里边的小女孩就像在熟睡一样。小矮人把玻璃棺抬到森林里最美丽的花丛中，日夜守护着她。

睡美人的消息很快传到各地，附近王国的年轻王子也听说了。他时时刻刻想着这位漂亮的睡美人，希望见她一面。

一天，王子骑着白马，来到森林里寻找睡美人。一直走了很久，他终于来到一片美丽的花丛。小女孩正静静地躺在花丛中。王子深深迷恋着小女孩的美丽，情不自禁地吻了她一下。

王子亲吻了熟睡的小女孩后，会发生什么事情？翻到第28页看一看吧！ 28

什么？你更关心躲进家中的老巫婆是否受到了惩罚？别着急，翻开第24页，答案就在那里！ 24

26

小男孩和小女孩走进屋子，看到里面堆着数不清的金币，他们仔细寻找，把每一枚金币都塞进口袋，然后开心地穿过森林，向家中走去。走了很久很久，他们终于看到了自己的村庄。

一见到他们，爸爸妈妈都高兴得哭了出来，紧紧地抱住他们。原来，爸爸妈妈以为他们在森林中遇到了坏人，再也不会回来了。

小男孩和小女孩拿出口袋里的金币，放在大人们面前。金光闪闪的宝藏让村里的人几乎不敢相信这是真的。

"这么多的宝藏！足够全村人花一辈子的了！"小男孩和小女孩说。事实也正是如此，这么多钱，大家一辈子也花不完。

小朋友们终于平安回到家了。故事已经读得过瘾了吗？那么，合上书，看看封底吧！

觉得还不够过瘾？那么再听一个老巫婆的故事怎么样？来，翻到第17页看一看！

小　女孩睁开眼睛，看到眼前竟然出现了一位英俊的王子。王子把小女孩抱上白马，一起回到他的宫殿中。

王子的国家十分富有，从此，他们过上了幸福快乐的日子！

小女孩嫁给了英俊的王子！你对这个结局满意吗？如果满意，就请合上书，看看封底吧！

怎么？还没过瘾？还想读一读新的故事？好吧，翻到19页看一看，不会让你失望的！

1001 STORIES
Copyright©MLADINSKA KNJIGA ZALOŽBA, D.D., LJUBLJANA 2005
本书经由 MLADINSKA KNJIGA ZALOŽBA 授权贵州人民出版社在中国大陆地区独家出版、发行
版权所有，违者必究

**图书在版编目（CIP）数据**

1001 说不完的故事 ／（斯洛文）布拉普 著；郭平 译.
—贵阳：贵州人民出版社，2007.12
ISBN 978-7-221-07944-2

Ⅰ.1··· Ⅱ.①布··· ②郭··· Ⅲ.图画故事－斯洛文尼亚－
现代 Ⅳ.I555.485

中国版本图书馆 CIP 数据核字（2007）第 178532 号

**1001 说不完的故事** [斯洛文尼亚]莉娜·布拉普 著 郭平 译

| | |
|---|---|
| 出 版 人 | 曹维琼 |
| 策 划 | 远流经典文化 |
| 执行策划 | 颜小鹂 李奇峰 |
| 责任编辑 | 杜培斌 沈梦溪 |
| 出 版 | 贵州出版集团公司<br>贵州人民出版社 |
| 地 址 | 贵阳市中华北路289 号 |
| 电 话 | 010-85805785（编辑部）<br>0851-6828477（发行部） |
| 经 销 | 全国新华书店 |
| 印 刷 | 北京多彩印刷有限公司（010-64408358） |
| 版 次 | 2008 年4 月第一版 |
| 印 次 | 2008 年4 月第一次印刷 |
| 成品尺寸 | 240×240 1/12 |
| 印 张 | 3.5 |
| 书 号 | ISBN 978-7-221-07944-2 |
| 定 价 | 23.80元 |

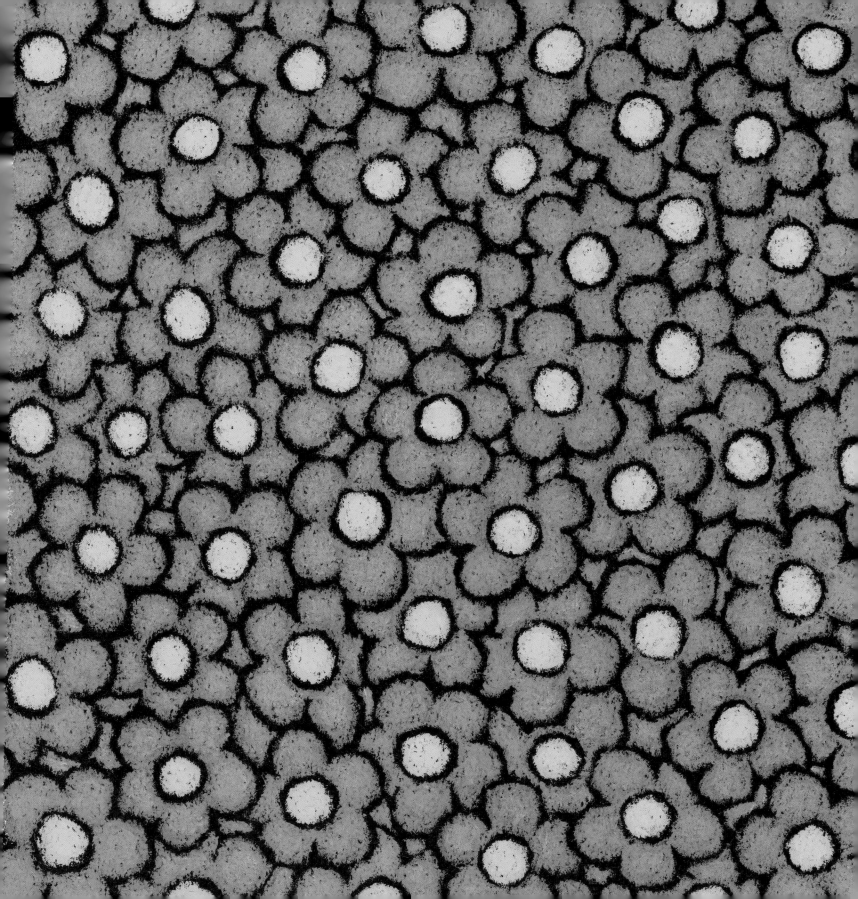

小女孩的家　　小男孩的家

三只熊的家

小矮人的家

5